U0035567

黃里 著

黃里截句

截句詩系 07

臺灣詩學 25 周年　一路吹鼓吹

我的冷感很／俳句

黃里詩集（2013-2017）

【總序】
與時俱進‧和弦共振
——臺灣詩學季刊社成立25周年

蕭 蕭

　　華文新詩創業一百年（1917-2017），臺灣詩學季刊社參與其中最新最近的二十五年（1992-2017），這二十五年正是書寫工具由硬筆書寫全面轉為鍵盤敲打，傳播工具由紙本轉為電子媒體的時代，3C產品日新月異，推陳出新，心、口、手之間的距離可能省略或跳過其中一小節，傳布的速度快捷，細緻的程度則減弱許多。有趣的是，本社有兩位同仁分別從創作與研究追蹤這個時期的寫作遺跡，其一白靈（莊祖煌，1951-）出版了兩冊詩集《五行詩及其手稿》（秀威資訊，2010）、《詩二十首及其檔案》（秀威資訊，

黃^里_截句

2013），以自己的詩作增刪見證了這種從手稿到檔
案的書寫變遷。其二解昆樺（1977-）則從《葉維廉
〔三十年詩〕手稿中詩語濾淨美學》（2014）、《追
和與延異：楊牧〈形影神〉手稿與陶淵明〈形影神〉
間互文詩學研究》（2015）到《臺灣現代詩手稿學研
究方法論建構》（2016）的三個研究計畫，試圖為這
一代詩人留存的（可能也是最後的）手稿，建立詩學
體系。換言之，臺灣詩學季刊社從創立到2017的這
二十五年，適逢華文新詩結束象徵主義、現代主義、
超現實主義的流派爭辯之後，在後現代與後殖民的夾
縫中掙扎、在手寫與電腦輸出的激盪間擺盪，詩社發
展的歷史軌跡與時代脈動息息關扣。

　　臺灣詩學季刊社最早發行的詩雜誌稱為《臺灣詩
學季刊》，從1992年12月到2002年12月的整十年期間，
發行四十期（主編分別為：白靈、蕭蕭，各五年），
前兩期以「大陸的臺灣詩學」為專題，探討中國學者
對臺灣詩作的隔閡與誤讀，尋求不同地區對華文新詩
的可能溝通渠道，從此每期都擬設不同的專題，收集

專文，呈現各方相異的意見，藉以存異求同，即使2003年以後改版為《臺灣詩學學刊》（主編分別為：鄭慧如、唐捐、方群，各五年）亦然。即使是2003年蘇紹連所闢設的「臺灣詩學‧吹鼓吹詩論壇」網站（http://www.taiwanpoetry.com/phpbb3/），在2005年9月同時擇優發行紙本雜誌《臺灣詩學‧吹鼓吹詩論壇》（主要負責人是蘇紹連、葉子鳥、陳政彥、Rose Sky），仍然以計畫編輯、規畫專題為編輯方針，如語言混搭、詩與歌、小詩、無意象派、截句、論詩詩、論述詩等，其目的不在引領詩壇風騷，而是在嘗試拓寬新詩寫作的可能航向，識與不識、贊同與不贊同，都可以藉由此一平臺發抒見聞。臺灣詩學季刊社二十五年來的三份雜誌，先是《臺灣詩學季刊》、後為《臺灣詩學學刊》、旁出《臺灣詩學‧吹鼓吹詩論壇》，雖性質微異，但開啟話頭的功能，一直是臺灣詩壇受矚目的對象，論如此，詩如此，活動亦如此。

　　臺灣詩壇出版的詩刊，通常採綜合式編輯，以詩作發表為其大宗，評論與訊息為輔，臺灣詩學季刊社

黃^里_截句

則發行評論與創作分行的兩種雜誌，一是單純論文規格的學術型雜誌《臺灣詩學學刊》（前身為《臺灣詩學季刊》），一年二期，是目前非學術機構（大學之外）出版而能通過THCI期刊審核的詩學雜誌，全誌只刊登匿名審核通過之論，感謝臺灣社會養得起這本純論文詩學雜誌；另一是網路發表與紙本出版二路並行的《臺灣詩學‧吹鼓吹詩論壇》，就外觀上看，此誌與一般詩刊無異，但紙本與網路結合的路線，詩作與現實結合的號召力，突發奇想卻又能引起話題議論的專題構想，卻已走出臺灣詩刊特立獨行之道。

臺灣詩學季刊社這種二路並行的做法，其實也表現在日常舉辦的詩活動上，近十年來，對於創立已六十周年、五十周年的「創世紀詩社」、「笠詩社」適時舉辦慶祝活動，肯定詩社長年的努力與貢獻；對於八十歲、九十歲高壽的詩人，邀集大學高校召開學術研討會，出版研究專書，肯定他們在詩藝上的成就。林于弘、楊宗翰、解昆樺、李翠瑛等同仁在此著力尤深。臺灣詩學季刊社另一個努力的方向則是獎掖

青年學子，具體作為可以分為五個面向，一是籌設網站，廣開言路，設計各種不同類型的創作區塊，滿足年輕心靈的創造需求；二是設立創作與評論競賽獎金，年年輪項頒贈；三是與秀威出版社合作，自2009年開始編輯「吹鼓吹詩人叢書」出版，平均一年出版四冊，九年來已出版三十六冊年輕人的詩集；四是興辦「吹鼓吹詩雅集」，號召年輕人寫詩、評詩，相互鼓舞、相互刺激，北部、中部、南部逐步進行；五是結合年輕詩社如「野薑花」，共同舉辦詩展、詩演、詩劇、詩舞等活動，引起社會文青注視。蘇紹連、白靈、葉子鳥、李桂媚、靈歌、葉莎，在這方面費心出力，貢獻良多。

　　臺灣詩學季刊社最初籌組時僅有八位同仁，二十五年來徵召志同道合的朋友、研究有成的學者、國外詩歌同好，目前已有三十六位同仁。近年來由白靈協同其他友社推展小詩運動，頗有小成，2017年則以「截句」為主軸，鼓吹四行以內小詩，年底將有十幾位同仁（向明、蕭蕭、白靈、靈歌、葉莎、尹玲、黃里、方

群、王羅蜜多、雲朵、阿海、周忍星、卡夫）出版《截
句》專集，並從「facebook詩論壇」網站裡成千上萬的
截句中選出《臺灣詩學截句選》，邀請卡夫從不同的角
度撰寫《截句選讀》；另由李瑞騰主持規畫詩評論及史
料整理，發行專書，蘇紹連則一秉初衷，主編「吹鼓
吹詩人叢書」四冊（周忍星：《洞穴裡的小獸》、柯
彥瑩：《記得我曾經存在過》、連展毅：《幽默笑話
集》、諾爾‧若爾：《半空的椅子》），持續鼓勵後
進。累計今年同仁作品出版的冊數，呼應著詩社成立的
年數，是的，我們一直在新詩的路上。

　　檢討這二十五年來的努力，臺灣詩學季刊社同
仁入社後變動極少，大多數一直堅持在新詩這條路上
「與時俱進‧和弦共振」，那弦，彈奏著永恆的詩
歌。未來，我們將擴大力量，聯合新加坡、泰國、馬
來西亞、菲律賓、越南、緬甸、汶萊、大陸華文新詩
界，為華文新詩第二個一百年投入更多的心血。

2017年8月寫於臺北市

目　次

我的冷感很／俳句（一）

1.

在救護車上瞥見花海
阿嬤用最後一口氣說：想吃——彩色的
芋圓　芋圓　芋圓……

2.

滴漏的水龍頭
等待久久的一次：咚……
接續夜半鬆弛的夢

3.

吃殺騎馬
須先隱忍
騎馬殺殺騎馬之玻璃紙怎麼扯也扒不開的那一份殺氣

4.

縱谷黃亮的
油菜花田
地球上的黑洞

5.

久遠的戀情是「笙詩」

標題很具體

內容已不可考

6.

生老病死像水垢

不想喝下

最好逆滲透

7.

她的鼾聲

在萬籟俱寂時

很好聽

8.

她懷疑曾經的肌膚之親

跑去向醫生求證：

不要過度清洗

9.

一起吃早粥
配甜菜根胡蘿蔔薑絲蔥條大白菜白蘿蔔與蘋果醃製的
泡菜　她說：好香

10.

散　狗被綁著走

　　　被綁著走的

　我被狗綁著走的　步

11.

看你氣急敗壞地

打不開我　吃不到果

　　　　　好開心

12.

立春前的這一場午雨
東窗事發般在鐵皮屋簷上
極力地答辯自己的清白

13.

她向小兒子解釋「門當戶對」
立鶴花在窗外偷聽
轉身對鳳仙花說：沒問題了

14.

當她說豐子愷的〈漸〉寫得真好時
隕落的滿月恰好以最後一滴銀漿
將山巒線再次黏接起來

15.

年獸赤條條地撲過來
叫春的鞭炮也高潮不了她
我的冷感很俳句

16.

她的抽象畫那麼寫實
她的紀事這麼抽象
走進她的展覽室　我很迷惘

17.

在車內冷戰開進隧道
長長的黑暗後看見波光粼粼的水天一色
偷偷地再次緊握她的手　「專心開車啦！」

18.

巨人將一大張粉紅波斯花毯鋪在海邊椰林旁

豪飲完一大盆的藍色啤酒後

拉著我　直接倒在上面

19.

當笑著說攀生在電線桿上濃密璀璨的炮仗花像一枝陽具時
她全身一定被電了一下
我？　太專心開車　沒看到

20.

「請幫我影印身分證。」
「正反面都要嗎？」
「永遠只要正面。」

21.

「歡迎光臨。

還需要別的嗎？這樣53歲。

謝謝光臨。」

22.

戴耳塞

世界在外面正常運行

我於寂靜裡翻天覆地

23.

對你而言我願像超商裡的音樂
不斷播放　　不斷播放　　不斷播放
不放棄刺激買氣

24.

走進炮仗花的綠廊
每個人都變成寒單爺
笑咪咪不想出來

25.

他在遠方的孤島
我於文字的籠牢
對望

26.

詩詩有兩種
寫詩與讀詩
總是妄念阻絕真心

27.

你聽到音樂了嗎？
雨中麻雀在電線上
跳來躍去

28.

是山在動？

是雲在動？

是……？

29.

山：著墨我

　　才能彰顯你的白

雲：我本來就在這裡

30.

雲瀑是衝浪健將
將太平洋最高的海嘯
慢動作地翻過海岸山脈

31.

放山雞在雞籠裡
激烈地開會討論：
何時我們會被再回放山裡？

32.

臘腸狗經過香腸店時
猶豫了一下：
偷吃？　趕快離開？

33.

坐在沒有道具沒有燈光
　　沒有音效沒有演員
不必彩排的市場內　吃陽春麵

34.

有一隻牛

在街上狂奔

撞進了賣現烤牛角麵包的玻璃櫃內

35.

碩大生鏽的狗籠裡

關著一隻

小小的潔白的布偶狗

36.

在一排眾花暐暐

有斑鳩與松鼠飛來跳去的火焰木樹下

解開褲襠拉鍊⋯⋯

37.

在放乾的游泳池底部
有一隻戴口罩戴鴨舌帽撐著一把黑傘的
黑色的魚　趴著做滑水動作

38.

走出那一攤髒亂的吵雜的
有兩隻大狗跑來跑去老闆娘摸完狗
又去煮麵的麵店　外面好冷

39.

他說佛是人
他說人弗是佛
我說　他說的對

40.

黑貓在窄巷中
嚼食剛捕獲的一隻
毛絨絨的腳印

41.

擱淺在人孔蓋旁的
一粒紫色氣球
影子流入了下水道

42.

「求救鈴
　救命專用　非危急請勿按壓」
我真的需要拉一下

43.

「請投入掛號單或健保卡」
真想把我的詩
投進去

44.

游泳池四周
布滿銳利的鐵絲網　防止
有人偷跑進入　變成魚

45.

在公園內一棵百歲的
樟樹與一棵百歲的
鳳凰木下　獨坐

46.

天變暖了

蚊字破蛹而出

尋覓冬眠已久的鮮寫

47.

夜空裡的十字架

被人造LED燈

照得好明亮

48.

坐在清澈的玻璃窗內
外面看得見我的表情
我看不見外面的臉孔

49.

走進燦焜3C
找一找　有無在賣製作
快樂口味的麵包機

50.

11-7內有117個收銀小妹

正在竊竊私語：

這個糟老頭　又來搞自閉了

51.

燦焜3C　會員　低價維修

心室0C　住客　無價保養

尚有空房

52.

玻璃反射
玻璃櫃內的飲料
蓄勢待發的彈莢

53.

往玻璃窗外看

外面分不清我

是看著玻璃還是看著外面

54.

搭在十字路口的靈堂

遺像笑咪咪地看著

一次又一次的紅燈停綠燈行

55.

「星際網路資訊館」在一樓
「基督耶穌後期聖徒教會」在二樓
這個宇宙很快就能得救了

56.

高大的門神*
被保護在透明罩裡
幼時珍藏的「尪仔仙」

＊玉里協天宮。

57.

在臭豆腐店內

油炸自己

寫出異味的詩句

58.

大紅龍魚在

大水族箱內

來回逡巡

59.

賣寵物也賣鹽酥雞
店名叫：嚇一跳
楓葉鼠的心情

60.

苦茶子壓榨出來的
苦茶油　很香
苦茶粕的表情　很苦

黃里_截句

一場

凋萎的蝙蝠　一朵
躺在冬半地上　躡足近看
殘喘的紅花　一隻

竹節蟲

高風亮節的偽裝
只為
卑微地活下去

市場三物

（帽）

層層疊疊的主張
就是少了一個腦袋

（衣）

前胸貼後背地
搶著豐腴妳的身姿

（鞋）

被踩在腳底的軀殼
等待長繭的靈魂

同志

在遍體鱗傷的

摸索裡　尋找

相同位置的那一顆痣

沉色

冬晨肅暗的街心傍

鐵惘內一頭純白盛開的大茶花

像我求告：放我出去……

桐花

1.

擱淺在翠綠

稜線上

幾縷雲絮

2.

小白蝶

草地驚起

超音速直達山巔

3.

走過一片
殘雪
如履薄冰地

拾荒

在華麗的邊緣

伸出兩指鐵爪

回收屛鏽的身影

倒地鈴

請撥開我薄弱的祕密

輕輕地放在掌中

端詳一團黑影上白色的小心

苦楝三俳

1.

鳥群在苦楝花裡盛放
苦楝花在鋼琴聲中演奏
鋼琴當我眺向樹梢時　鳴唱

2.

我問苦楝樹　你的迷茫
向誰學？　他望向山上的雲霧
那淡淡的紫呢？　他看著我

3.

兩隻水牛低頭立在
綠堤上的苦楝樹下
咀嚼著融化的三月紫雪

偷渡

陽光

何時才要

下錨？

晨星

綿軟沉睡的山體旁
妳是薄曉輕觸的指尖
世界就慢慢睜開了眼

黃小鴨

大概
浪漫地保持微笑
就能心如止水

遊民

威武地蹲在廟口
咀嚼著匆匆人影

對坐

你一生的喧囂行經我空蕩的耳孔
一次尋常的上下車
我一輩子的流光駛過你渙散雙眼

池中

水似濁也清

活魚漂過

死魚游動

稻浪

驚嚇的大魚

綠洋裡亂竄

口罩

深怕你不小心
感染到我
致病的表情

蝶葉

<pre>
          黃   落
             蝶
     陣   飛   飄
  一   又
                   起

                           落
        隻   又
     一   枯   飄   飛
        葉
                              起
</pre>

日本世界俳句協會（WHA）
《世界俳句》年刊入選作品

《世界俳句》No.11，2015

已遍照山頭	on the hills already shined
相思樹花的醒悟	the wake of Acacia's flowers
晨陽才露臉	Morning sun shows his face

飛蟻舞逐光　　　　Flying ants dancing in the light

列車迎撞細雨　　　Train driving into the soft rain

暗夜追盡頭　　　　Chasing its end in the dark night

過往的日曆　　　　Past days on the calendar

小黃瓜光合作用　　Cucumbers photosynthesize

一起吃下肚　　　　all swallowed together

《世界俳句》No.12，2016

烈日下　　　　　Under the burning sun
蚯蚓屍體　　　　Earthworms die
我的文字　　　　my words

鮮魚地上跳　　　Flies circling above
蒼蠅盤旋　　　　a fish bouncing on the ground
等木槌一擊　　　waiting for a strike of a hammer

叮噹的眼　　　　Jingling eyes
窗邊風鈴　　　　wind chimes by the window
躲在暗處　　　　hidden on dark side

黃^里截_句

《世界俳句》No.13，2017

新月垂釣　　　　New moon fishing

深淵裡　　　　　in the abysmal water

孤星徘徊　　　　Lonely star hesitates

暗雲移　　　　　Dark cloud drifting

半月隱　　　　　Half moon hidden

銀光鑲胴體　　　a silver plated torso

滿月沉　　　　　Full moon sinking

巒稜樹　　　　　Trees on the edge of hill

小人排立　　　　Little men standing in a line

黃里截句

輯

━━━━ 我的冷感很／俳句（二） ━━━━

61.

男人橋下走
路燈閃閃爍爍
橋上女人過

62.

陽光請幫忙
母親耳朵內積慮
煤礦那般硬

黃^里截句

63.

西邊

翻過

連綿鐵絲網的百香果開出了一百朵花

64.

神社＊鳥居下

一個小女生吹著彩色泡泡

跟著飛走了

＊玉里神社。

65.

殘枝斷幹裡
尋找表忠碑*
聽見林中槍響

＊玉里「表忠碑」：在玉里神社入口右前方，為紀念表彰因
　壓制布農族人，遭瘴癘之氣感染，及開拓「八通關越」而
　殉職的日本警察。

66.

步道兩旁杜鵑
盛放　神社*倒塌的
聲音

＊玉里神社。

67.

你住往事內
我在網外徘徊
你是我的菜

68.

我留著你的去票
你早已丟棄
我的回票

69.

「聞雲」咖啡廣場對面
水果攤上的水果們在聊天：
好懷念樹上的日子啊！

70.

唱著歌的長髮小姊姊
騎腳踏車載著打赤腳的小妹妹
經過倫理堂

71.

不可　用自己的槍打動物
　可　以搶來的槍打「Bunun」
松葉尾端溫文爾雅的風姿說

＊松尾溫爾：1915（大正4年）日本璞石閣支廳長，「喀西帕
　南事件」後，「臨機處分」造成布農族人（Bunun）11名
　死亡。

72.

以前賣羊羹＊的對面
現在賣羊肉爐
羊仍川流不息

＊日治時期在玉里有一家「窪田勝山堂」羊羹店。

73.

觀音雕像下交叉
路口箭頭標誌
向左　　向右

74.

倫理堂外
一位唐氏症婦人向我揮揮手
我也向她揮揮手

75.

老鳳凰木垂滿如刀的莢果
撫摸著我的心
好舒服地　撫摸著我的心

76.

走過波浪圖案的長長石牆
起伏翻騰的心海
忽然平靜了下來

77.

老婦在自家門口
照料春天茂生的花卉和青菜
用掃帚揮趕飛近的紋白蝶

78.

街角開滿各色孤挺花
一同大聲吹著喇叭廣播：
這裡是「危險路口」

79.

我的心闖進
廢棄的消防隊呼救
牆壁上寫著：修理重於購置

80.

我望著北方想妳　母親
秀姑巒溪口湧起巨大的
砂塵暴　吞沒我

81.

治療憂鬱症處方：

每日早晚餐前　歐亞板塊

菲律賓板塊　各一錠

82.

圖書館內

這些年輕的書滑著手機

就把一天讀完了

83.

午後梅雨中
停在高高圍牆上的蝴蝶蘭
遲遲不敢飛下來

84.

一對紅冠水雞
涉過白石間黑水
躲入綠草叢

85.

山與白雲的對話：
「你到底要什麼？」
「我不想看見黑影。」

86.

午後縱谷裡　穿紅衣
在田間俯身拔稗草的婦人
不知耶穌光照在她背上

87.

長長危橋上燕子學著北風
（北風正颳著漫天砂塵暴）
北風學著我的心　驚聲尖叫

黃_里截句

88.

一只被丟棄的
霜淇淋
吹奏著黃昏融化的曲調

89.

在樹蔭下踱步思索詩句
抬頭眺見　遠空藍天裡
飛機拖曳著細長的白煙

90.

幽谷中緩緩上升

又慢慢消失

一縷縷飄邈的髮絲

91.

買完新衣的阿嬤

將孫子吊掛在衣架上

走了

92.

這一年飛馬

墜入海裡前

嘶鳴了239聲

＊2014年3月8日馬來西亞航空370號班機空難，機上239人全
　數罹難。

93.

老農夫出殯的

那一天傍晚

稻草人走到田裡　補秧

94.

那一處海岸未曾
走過我的足印　就讓
那一處海岸未曾走過我的足印

95.

春情不敵北風
檳榔任人擺佈的筆刷
揮灑曖昧的暮色

96.

哈拉灣溪裡一隻白鷺低

飛過水面　黑色的溪石

兀自淙淙地哈拉著

97.

腳踏車穿涉
反映雲空的積水路面
與飛鳥並肩

98.

小雨滴落下
「哇！」地大哭一聲後
憑空不見了

99.

雨中電線上的燕子

我嘆息一聲時

一隻音符飛進了蔭鬱的樹林裡

100.

烏鴉鳳蝶在暗林裡

徘徊　歇停後

夜幕籠罩大地

101.

一棵高大獨立

開滿紅花的火燄木

獻給天空最美的捧花

102.

將桌上的指甲屑

掃進咖啡渣

和濾紙一起丟棄

103.

瀑布下冥想
落葉與影在地上說：
Give me five!

104.

水龍頭敲木魚
抹布坦然領受
百味稀釋流走

105.

注視著他的背影
走進剪票口
「花媽格子Q　買五送一」

106.

草地上的衛生紙
學生亂丟的白杜鵑

107.

花蓮之猩
三房兩廳
每公斤三十萬

108.

小豬哀嚎
耳鼻喉科診所外
一只幼兒涼鞋

109.

商禽的早讀
遂懷想黑山與暗雲間一明亮孤星
於淡紫色夕空

110.

凌晨網球場上
張手開腳向後走的阿公阿嬤
一群抵抗潮水的螃蟹

111.

花瓣飛起
身影挪過吸吮的
白蝶凋落

112.

暖陽迎娶

深春的苦楝羞赧

輕披紫紗

黃里截句

113.

遙遠火餤的眺望

一聲輕歎

木棉花重重落下

114.

俳句在真空裡

守候

急喘失約

115.

紅綠燈上
八哥築巢
春天交通大亂

116.

五彩十色的珠寶
掀開或掩藏
雨後雲嵐下安通的燈光

117.

斑駁的眼睛
一葉一葉
貼在窗內的枯樹上

118.

空垃圾桶內
一條小眼鏡蛇　放掉他
又裝滿生命

119.

白鷺鷥尾隨
笨重的耕耘機
啄食黑泥中文字

120.

短橋下撿起打火機
火車從頭上飛過
打一打　沒火

黃里截句

美術館五俳

1.

中午美術館外
冷冷清清
好美

2.

一筆一劃地
走過一格一格的廊柱
寫下無字天書

3.

參觀「馬到成功」特展
最欣賞的那一隻
跑掉了

4.

一位美術家
從美術館走出來
到市場買菜

5.

水黽向前游一步
水黽被風吹向後退一步
水面泛起漣漪

（更生日報副刊2014.05.04）

晨景五俳

1.

電線三弦上的
銀月與金星　彈奏著
「思相起」

2.

清晨火車廂內
滷肉飯的味道
空腹裡奔馳的輪子

3.

縱谷晨霧中
一排橘色路燈
枕頭下的項鍊

4.

海岸山脈投映於
如鏡的水田上
沉睡的維納斯

5.

歪斜的稻草人
在水田雲空裡
飛翔

（更生日報副刊2014.05.25）

詩是

1.

橋下泡澡的半隻水牛
另外半隻在泥水裡排泄

2.

兀立於柵欄上的烏頭翁幼雛
接近想抓住它時

3.

吊在苦棟樹下的人面蜘蛛
網住山腳那一片墳墓

（歪仔歪詩刊No.12，2014.09）

黃里小詩輯

1.

一隻鶺鴒翻波躍浪地

低飛過平靜的水田時

碰倒許多瘦腰臀肥的花瓶

2.

山下伯公廟旁的白花大頭茶

有的盛開　有的萎黃

有的含苞待放

3.

一列候車的女子

低頭滑著手機　未發現

我正以眼睛滑著她們的身體

4.

雞蛋花落下

草地上吱吱啾啾

濃郁的啄食

5.

電風扇嗚叫
昏昏欲睡的午後
蟬聲團團轉

6.

列車快進站
轉身見一老者
已過數十載

7.

彎月懸山羌黑林吠音遠

8.

貓縱下牆腳花搖搖晃晃

9.

一片被蛛絲網住的枯葉款擺如優游的魚

10.

望向清早橘色的山頭
烏鴉驚慌
背對著我　飛走

11.

晨陽裡蜻蜓密布飛舞
一起嬉玩著仙女棒

12.

沙洲上的釣魚夫

沙洲上的白鷺鷥

（文學四季・夏季號2014）

市場

1.

已鬆口的蛤蜊免於
再死一次　咬緊牙關的
被挑走了

2.

不知是山泉清高了魚
抑或是魚美味了山泉？
山泉水活鱸魚一尾100元

3.

赤裸的牧草雞垂下長頸
閉眼聆聽著雞販彈吉他唱：
這一片原野風光太旖旎⋯⋯

4.

面無表情的阿婆
提著一小袋五花肉走回窄巷
準備烹煮她的一天

5.

沖澆解凍烏賊的

大水柱上貼著一行字：

南無觀世音菩薩

（吹鼓吹詩論壇No.19，2014.09）

關山小夜曲

（葉影）

遮蔽漸次開啟的眼眸

夜的手掌在陳述

窗內過於明亮的往事

（殘屋）

熟識的聲響剝離

想望停止再生

繽紛的時間枯萎

（等待）

孤燈照向荒蕪的庭院

木椅獨自陪伴

半掩的鮮紅色小門

（橘雲）

十字架*吟誦

九重葛一朵一朵盛接

潔白的嬰兒身軀

（寂路）

光亮在樹後喧嚷
斑駁遊行於柏油地面
樓舍佇立觀賞

＊指臺東縣關山鎮私立聖十字架老人療養院。

（吹鼓吹詩論壇No.20，2014.12）

小人物狂想俳

1.

慢條斯理地在高空

修理紅綠燈的男子

不知腳下的世界已撞成一團

2.

回頭看　孤立於

公園巨樹下的老者

真後悔未與他打招呼

3.

在女廁門口賣衛生紙的男人
搖頭晃腦地彈著吉他：
她的名字叫做小薇……

4.

十字路口賣菜的阿婆
　　　　不賣野薑花
她說要用來抵擋廢氣

5.

阿嬤門口梳理

路邊鹹菜

一排一排的頭髮

6.

療養院的廣播音樂

飄過高高圍牆上

銳利閃亮的鐵絲網

7.

一地落葉被
春天的北風
吹過療養院朋友們行走的隊伍

8.

頭戴斗笠彎身
在田裡拔除稗草的農夫
一隻一隻浮游於綠洋的海龜

（野薑花詩刊No.11，2014.12）

黃^里截句

俳句五則

1.

擁抱路面
原來天空是平的
蝙蝠安眠

2.

衣服摔落
追逐自由的靈魂
風箏洩氣

3.

竹鈴輕響
庭院內紅花重墜
白貓凝望

4.

地上翻滾
大提琴形欖仁葉
演奏秋曲

5.

繽紛浪漫
山下伯公廟杜鵑
婉轉嘹亮

（吹鼓吹詩論壇No.21，2015.06）

春日短歌

1.

南風拂襲

鶊鶯綠芒裡

搖晃的歌聲

此起彼落

2.

藍天下

一條白龍

雲瀑湧瀉

海岸山脈上

3.

城西繁花盛放
芭蕉紅苞掉落
小池裡
錦鯉不停迴游

4.

青翠的新禾
波浪般舞動
許多小白蝶
載浮載沉

5.

龍眼花穗上
幾隻金龜擺盪
勾爪抓牢
繼續大快朵頤

6.

高高木棉花
已所剩無幾
瘦尖果莢長出
樹下不見落英

（更生日報副刊2015.08.08）

玉里短歌

1.

旅人的心翻過海岸山脈

太平洋也急於迎接

以如練綿柔的雲瀑　撫慰

2.

站在神社參道階梯上遠眺

璞石閣　秀姑巒溪

隱沒於茂密的相思樹後

3.

至今淡淡的白煙
仍從大阪式菸樓頂上的小窗飄出
帶著酸楚的柑橘氣味

4.

在舊鐵道橋上呼嘯的護欄間
雨燕　成群忽高忽低地噪叫
橋下淙淙淺流著清澈的溪水

5.

小男孩右腳　歐亞板塊的沙漠
跨過裂隙
父親左腳　落在菲律賓板塊的綠洲

6.

藍天下　黃花盛放的阿勃勒旁
旅人在自行車道上駐足　迴望
普悠瑪列車穿越客城兩座虹橋

（創世紀詩刊N0.184，2015.09，臺灣地景詩專輯）

夏日短歌

1.

西南風勁吹

一朵摔落的黃蝶

振翅在阿勃勒葉下

2.

焦褐的稻梗

浮沈於阡陌角落

一池待濾的咖啡

3.

騎樓下老嫗蹲坐
一手紙扇鬆垂
一手冰棒慢嚼

4.

午後雷陣雨
水田鼓面上
千萬顆跳動的珍珠

5.

旭日衝破稜線
紅龍果花盛開吞下
凋萎前咀嚼消化

6.

紅螢漫天飛舞
在逆光的朝陽裡
預演夕色

（野薑花詩刊五周年詩選，2017）

生命之歌

1.

金黃稻田邊捕鳥網上
一隻死麻雀對另一隻說：
不要再掙扎了

2.

大雄寶殿旁海鮮總匯
鐵欄內活水池的眾魚
異口同聲：真方便

3.

一位女尼行經教會前

十字路口時　　屠夫

正好剁開一塊三層肉

4.

那一隻從鰓下

被縱切成兩半的紅尼羅魚

嘴巴還在說話

5.

用力蠕動吧
大地上的一個小人影
為吃一口土

6.

殯歌在遠處吟誦
關燈前見一蟬殼瞪著我
遲疑地步入門外幽暗

（吹鼓吹詩論壇No.24，2016.03）

冬花五俳

*

灰雲吞噬

楓香嚼餅乾月光

撿食碎屑

*

遠處獨立

火焰木花杯布綴

飲盡渴望

　　　＊

祕密大地
紫花酢醬草低語
俯身聆聽

　　　＊

竹雞喧威
王爺葵平易近人
趨前取暖

*

夜雨瓢渺

菅芒花殘羽敗絮

去路不明

（野薑花詩刊No.16，2016.03）

後記

- 二二八四天連假校稿／往昔忽視的扼殺／終於獲得平反
- 二二八四天連假校稿／禁食兩日照大腸鏡／刪除冗詞贅字的瘜肉
- 照大腸鏡空腹兩天／不能吃雞排鴨排魚排牛排羊排豬排／只能吃俳句
- 二二八四天連假照大腸鏡／肛門過度吐露內情／記得塗一些凡士林
- 一邊排版一邊聽馬勒／妻在另一房間做瑜伽／妻子獻給我的柔板
- 什麼是俳句／非人寫出的徘徊的詩句
- 什麼是俳句／世界上最精短的小詩／射飛鏢
- Hai閩南語的「諧」／客語的「鞋」／沉迷俳句走路斜斜小心中邪

- 五七五／似古非今／細漢囝仔大漢囝仔都能寫
- 衍生的不是原創？／可以「散文詩」／為何不能「俳句」？
- 三四三／我的脖子!／自然呼吸也很重要
- 有時長詩的事關重大／有時沉默的槁木死灰／有時蜻蜓點水

（2017.05.02）

【附錄】
俳雖有別情無二致／
兼談吳昭新醫師的理想

黃里

　　黃粱在〈俳句的奧義〉一文結語中，提及日本俳聖芭蕉翁（1644-1694）與瑞典詩人托馬斯（Tomas Tranströmer，1931-2015）在詩情上的相互激盪，且追溯日本古代歌謠的初貌及後來定型的俳句，實是借鏡於中國五言與七言詩的形式。他指出芭蕉俳句的詩學淵源，乃因獨鍾李白與杜甫的詩作，在結語最後寫下如此深刻的感懷：「從中國而至日本再到瑞典，不同的語言文化在詩歌中如此深層廣闊地交流，令人動容，也深深讚歎詩歌巨流浩蕩的精神與萬古長新之美。」該文雖對「俳句」做了簡單的介紹，但未涉說

「俳句」與「漢俳」（中國新興五七五式共十七字分
行的漢語短詩）在形式與本質上的重大差異，亦未全
面探看「俳句」漢譯的各種適當性。

　　我在一次閱讀陳黎（1954-）詩集《小宇宙》
後，起念尋找有關俳句的資料。在網路遇見了一位臺
灣語言學家吳守禮先生（1909-2005）之子，可以說
是世界俳壇上的奇人，吳昭新醫師（1930-）。吳醫
師除具備豐富的醫學經歷，更繼承父志致力於臺語漢
字書寫與注音的推廣，而在臺語俳句的研究與力行
成就上，同樣令人佩服。於是趕緊列印多篇吳醫師
在臺灣文學部落格專欄裡的寶貴資料，開始仔細研
讀。文獻中除亦寫到陳黎與多位臺灣詩人俳句的特色
外，有一篇專文特別介紹以明治大學法語教授夏石番
矢（1955-）為中心所成立的「世界俳句協會（World
Haiku Association）」。吳醫師鼓勵臺灣對俳句有興趣
的年輕人或詩人踴躍參與，於是我斗膽申請也意外地
獲得接受成為會員。繞了這麼一大圈，主要是想回到
前段的主旨，因著「詩歌巨流浩蕩的精神與萬古長新

之美」，於吳醫師、夏石番矢教授、陳黎，與我之間，也產生了雖互不認識但確然我已深刻被感動的影響。

　　本文無意再就「日本俳句」、「漢俳」、「漢語／漢字俳句」、「世界俳句」……等相關專有名詞做定義解釋，因吳醫師已有多篇論文詳盡說明。這一篇文字的目的，乃是同樣站在上述詩歌能感動所有人類心靈的基調，說明日本「俳句」與「漢俳」微妙的互動歷程，兼談吳昭新醫師對「世界俳句」的理想。

　　首先還是不得不欽佩吳醫師對「臺灣俳句」、「漢語俳句」、乃至「世界俳句」探查與論述的努力。從他的解說我們發現，日本的「俳句」一詞，是由俳人正岡子規（1867-1902）所新造命名，除依循「五七五音節、帶季語」的條件外，後來弟子高濱虛子（1874-1959）更主張「俳句」亦必須具備「花鳥諷詠、客觀描寫」的規定；雖有學者認為這個規定也不完全是虛子自身確切的意思，但日本傳統「俳句」的內容與本質，大抵至此已經定型。然而吳醫師更進

一步指出，子規以後的學生們、以及戰後的昭和年代後期，乃至現在的平成年代，也有不少日本俳人，寫下許多「非定型」、「無季語」，及「非客觀寫生」的俳句。因此吳醫師呼籲，「俳句應該有更寬闊的視野」，這是他理想的基本觀念。

就像前面所說的，日本傳統「俳句」乃脫胎自中國古典詩歌，中國的古體和近體格律詩，應就是日本傳統「俳句」的發源體。「漢俳」的格式，中國文人曾於1920年代開始嘗試書寫，直到1972中日復交後，可能是為了改善中日兩國關係，1980中華詩詞學會邀請日本俳句代表團到中國訪問交流。歡迎會上中方主持人趙樸初即興吟詠了一首以五七五式分開共十七字的漢字短詩：「綠蔭今雨來／山花枝接海花開／和風起漢俳」，「漢俳」一詞才這樣被正式使用（但此點尚有爭議）。從那時候，「漢俳」開始引起了中國詩壇的注意。而「漢俳」在後來能被廣泛地接受的主因，又必須歸功於2007日本實行委員會和日中友好團體歡迎當時任中國國務院總理溫家寶到訪時，溫家寶

與日方相互贈答的兩首「漢俳」，「漢俳」的流行開始在中國逐漸形成時尚。從這樣的發展，似乎也能看出政治與文學間甚為奇妙的相互影響。

但是話說回來，從1980中日雙方互訪時所訂下「漢俳」的原則來看，當時的「漢俳」又分「自由體」與「格律體」，一樣是「五七五」的三行體制，故又稱「三行詩」。句子節奏仍然參照中國五言和七言近體詩，且都有季語，但要求沒有像日本俳句那麼嚴格。然而日文的多音節特性，與中文的單音節語言不同，無怪乎吳昭新醫師認為，後來發展出來的「漢俳」（含無季語、另覓客觀寫生之外的現代化詩材），並非真正的「俳句」，而是十七個音節的「漢語短詩」。

也許人類的語言原本就這麼奇妙，約定俗成好用就行，文學體例的演替似乎也是如此。所以不管是日本「俳句」，還是後來避免不了現代化趨勢的改進式「漢俳」，吳醫師認為只要能充分表現出「短詩」的本質就好，那就是「瞬間的感動」。他的理想是：漢

字華語的俳句（包含他所推行的臺語俳句及其他漢字
地域語言的俳句），字數應儘量簡短，最好是十字，
可作二至三字的增減，二句一章或一行；有季語最
好，可押或不押韻，文白皆可，但須顧及詠誦時的韻
律感。希望有更多的年輕詩人能開設相關網站，投入
「世界俳句」的實作與討論。

結語：

　　中國學者金中博士於2010發表一篇關於日本俳
句漢譯的研究：〈古池，蛙縱水聲傳／一詞一句形式
的俳句翻譯〉，為日本「俳句」轉譯成漢語後仍可保
留「俳句」的形式與本質根底精神和氣韻，提出了一
種非常可行的方案。各國語言與文字相互間的翻譯，
原本就不容易傳達出各自完整的情態與底蘊，詩的轉
譯更是如此。那麼是什麼維繫著不同族群對詩歌的共
同喜愛呢？無非是那一份人類以聲息、以文字符號對
情感抒發的相同強烈需求。誠如陳黎於《臺灣四季／

日據時期臺灣短歌選》後記中所言:「這些感情古今
中外如一,詠嘆臺灣就是詠嘆世界,不管用中文、日
文,或者沒有文字的原住民語言。」這也再次證實
了不同的語言文化確實能在詩歌裡「深層廣闊地交
流」。(文學四季‧夏季號2014)

＊本文特別感謝吳昭新醫師親自給予寶貴的討論意見。

　吳醫師簡歷:http://olddoc.tmu.edu.tw/chiaungo/whoru/c-v.htm

參考資料(最後閱覽日2017.05.02):

1.陳黎:《小宇宙／現代俳句二〇〇首》,二魚文
　化,臺北市,2006。
2.陳黎:《臺灣四季／日據時期臺灣短歌選》,二魚
　文化,臺北市,2008。
3.吳昭新:〈臺灣俳句之旅〉,2009,http://olddoc.
　tmu.edu.tw/chiaungo/essay/haiku-tabi.htm。
4.吳昭新:〈吟詠日本俳句／現代俳句的蛻變〉,

2010，http://olddoc.tmu.edu.tw/chiaungo/essay/haiku-make.htm。

5.吳昭新：〈漢語／漢字俳句〉，2010，http://olddoc.tmu.edu.tw/chiaungo/essay/haiku-kango.htm。

6.吳昭新：〈「俳句」並不是只有日語才可以吟詠／世界俳句協會（World Haiku Association）及會刊2011簡介〉，杏林藝文，2011，http://chiaungo.blogspot.tw/2011/02/blog-post.html。

7.吳昭新：〈日本俳句之漢譯－介紹中國金中教授的一詞加一句形式〉，2011，http://olddoc.tmu.edu.tw/chiaungo/essay/jin-juong-1.htm。

8.吳昭新：〈「俳句」、「世界俳句」、「漢語／漢字俳句」〉，2012，http://chiaungo.blogspot.tw/2012/03/blog-post.html。

9.吳昭新：〈臺灣俳句史（1895~2013）〉，2013，華語簡約版：https://www.facebook.com/chiaungo/posts/1027075857318758，日語全文：http://www.tmn.idv.tw/tai-wan-pai-ju-shi-1895-2013-quan-wen。

10.黃粱:〈俳句的奧義／對托馬斯・特朗斯特羅默與
　　松尾芭蕉俳句的審美闡釋〉,個人網誌,2013,
　　http://huangliangpoem.blogspot.tw/2013/11/blog-
　　post_14.html。

我的冷感很／俳句

黃里詩集

臺灣詩學25週年　截句詩系07　PG1876

黃里截句

作　　者/黃　里
責任編輯/林昕平
圖文排版/周妤靜
封面設計/楊廣榕

發 行 人/宋政坤
法律顧問/毛國樑　律師
出版發行/秀威資訊科技股份有限公司
　　　　　114台北市內湖區瑞光路76巷65號1樓
　　　　　電話：+886-2-2796-3638　傳真：+886-2-2796-1377
　　　　　http://www.showwe.com.tw
劃撥帳號/19563868　戶名：秀威資訊科技股份有限公司
　　　　　讀者服務信箱：service@showwe.com.tw
展售門市/國家書店（松江門市）
　　　　　104台北市中山區松江路209號1樓
　　　　　電話：+886-2-2518-0207　傳真：+886-2-2518-0778
網路訂購/秀威網路書店：http://store.showwe.tw
　　　　　國家網路書店：http://www.govbooks.com.tw

2017年11月　BOD一版
定價：200元
版權所有　翻印必究
本書如有缺頁、破損或裝訂錯誤，請寄回更換

Copyright©2017 by Showwe Information Co., Ltd.
Printed in Taiwan
All Rights Reserved

國家圖書館出版品預行編目

黃里截句 / 黃里著. -- 一版. -- 臺北市 : 秀威
資訊科技, 2017.11
　　面 ；　公分. -- (截句詩系 ; 7)
　　BOD版
　　ISBN 978-986-326-471-2(平裝)

851.486   106017238

讀者回函卡

感謝您購買本書，為提升服務品質，請填妥以下資料，將讀者回函卡直接寄回或傳真本公司，收到您的寶貴意見後，我們會收藏記錄及檢討，謝謝！如您需要了解本公司最新出版書目、購書優惠或企劃活動，歡迎您上網查詢或下載相關資料：http:// www.showwe.com.tw

您購買的書名：＿＿＿＿＿＿＿＿＿＿＿＿＿＿＿＿＿＿＿＿＿＿

出生日期：＿＿＿＿＿年＿＿＿＿＿月＿＿＿＿＿日

學歷：□高中 (含) 以下　　□大專　　□研究所 (含) 以上

職業：□製造業　□金融業　□資訊業　□軍警　□傳播業　□自由業
　　　□服務業　□公務員　□教職　　□學生　□家管　　□其它＿＿＿＿

購書地點：□網路書店　□實體書店　□書展　□郵購　□贈閱　□其他

您從何得知本書的消息？

　□網路書店　□實體書店　□網路搜尋　□電子報　□書訊　□雜誌
　□傳播媒體　□親友推薦　□網站推薦　□部落格　□其他＿＿＿＿＿＿

您對本書的評價：(請填代號　1.非常滿意　2.滿意　3.尚可　4.再改進)

　封面設計＿＿＿　版面編排＿＿＿　內容＿＿＿　文／譯筆＿＿＿　價格＿＿＿

讀完書後您覺得：

　□很有收穫　□有收穫　□收穫不多　□沒收穫

對我們的建議：＿＿＿＿＿＿＿＿＿＿＿＿＿＿＿＿＿＿＿＿＿＿＿

＿＿＿＿＿＿＿＿＿＿＿＿＿＿＿＿＿＿＿＿＿＿＿＿＿＿＿＿＿＿＿＿

＿＿＿＿＿＿＿＿＿＿＿＿＿＿＿＿＿＿＿＿＿＿＿＿＿＿＿＿＿＿＿＿

＿＿＿＿＿＿＿＿＿＿＿＿＿＿＿＿＿＿＿＿＿＿＿＿＿＿＿＿＿＿＿＿

請貼
郵票

11466
台北市內湖區瑞光路 76 巷 65 號 1 樓

秀威資訊科技股份有限公司 收

BOD 數位出版事業部

....

（請沿線對折寄回，謝謝！）

姓　　名：＿＿＿＿＿＿＿＿＿＿　年齡：＿＿＿＿＿　性別：□女　□男

郵遞區號：□□□□□

地　　址：＿＿＿＿＿＿＿＿＿＿＿＿＿＿＿＿＿＿＿＿＿＿＿

聯絡電話：(日) ＿＿＿＿＿＿＿＿＿＿＿　(夜) ＿＿＿＿＿＿＿＿＿＿＿

E-mail：＿＿＿＿＿＿＿＿＿＿＿＿＿＿＿＿＿＿＿＿＿＿＿